U0034969

20+1=「我」

文、圖／玉兒

白象文化
www.ElephantWhite.com.tw

用文字歡唱童年

國立臺南大學退休教授 張清榮

小二的學生能寫出洋溢真情，記錄多彩多姿童年生活的兒童詩，真是令人驚艷！李梓玥小朋友就是這麼一位小可愛。讀著她的作品，沒有冠冕堂皇的大道理，有的只是純真、逗趣的事物及用詞，我的一顆心都被融化了。

初見梓玥是在國立臺南大學的新春團拜場合中，她向我拜年時滿口京片子，伴著稚嫩的童音，聽來特別溫馨悅耳。會後，我鼓勵梓玥爸爸媽媽好好栽培這株富有語文天分的小幼苗。

逢年過節，她會錄製視頻祝福我。她也曾搞直播、錄影讓我欣賞。說故事比賽時，要我給予指導……我們一老一小因而成為忘年之交。

一次，院秘邱月皇小姐拿了一首童詩讓我欣賞，根據我一輩子指導兒童文學的經驗，深感這位小作者的表現方式和一般的「○○像○○」的譬喻寫法不同。一問之下，才知道這是梓玥的作品，更可貴的是自畫插圖，在文情並茂之外，還有完整得當的圖文表達。於是我鼓勵邱院秘繼續督導她寫作，將來可以出版一本兒童詩集，為童年生活留下紀錄，如今她們真的辦到了，我也感染到梓玥出書的喜悅。

這本《20＋1＝「我」》兒童詩共有二十首詩，一篇「番外篇」散文，題目是〈爸爸，爸爸，別生氣！〉大爆她老爸的「脾氣」。但她寫得溫馨感人，尤其善用譬喻技巧「定格」老爸生氣時的神態，可真是生動又傳神。但是梓玥能體會爸爸的用心，所以她說「我最愛我爸爸，我知道爸爸也是最愛我了。」父女「和解」後，梓玥寫道：「爸爸，爸爸，別生氣！／我要帶你去看戲。／看什麼戲？／看梓玥拉大歌、演大劇。」在梓玥文章中會出現「拉大歌、演大劇」的語詞，可見得她平常也把老爸說過的話語牢記在心。梓玥就像一塊海綿，很能吸收來自各方的養分融會貫通，難怪會成長得這麼快！

在〈媽媽，炸鍋了〉詩中，梓玥爆料爸媽鬧彆扭的場面，在描述完糗事後，她願意成為「夏天裡冰冰涼涼的泡沫／嘩啦啦 嘩啦啦／澆熄這把愛的怒火。」在逗趣、好玩之餘，也讓人體會她的懂事以及一家子的和樂溫馨。

在〈跟著飛機去旅行〉一詩中，梓玥寫道：「可以順道載我一程嗎？／去那遙遠，我用雙腿走不到的北京，／看一看，／好久不見的爺爺奶奶。」在〈風箏呀！你要飛到哪兒去呢〉詩中，也寫道「我要飛到海的另一邊，／去爺爺奶奶家，看奶奶織毛衣。」由於疫情關係，梓玥無法和父母回到北京探望爺爺奶奶，孺慕情深全然表現在字裡行間，令人感動。

〈愛，就在身邊〉也寫道：「每一天，每一餐，／外婆總是烹調可口的飯菜，／讓我享受美味又健康的餐點，／讓我的小肚腩／隱隱浮現。」而在〈自序〉中則提到嘉義縣竹崎鄉的特產筍子——「阿嬤炒的筍子」也是她最愛吃的食物，更體現了外婆的愛心。

另有〈給媽媽的一首歌〉是由梓玥作詞，鋼琴指導老師曾蔡媖女士作曲，譜成愛的樂章，令人激賞，也看得出梓玥小朋友多才多藝。其它篇章中，尚有描述校園生活、大自然景象、日常生活……的內容，無不充滿想像力，用可愛淺顯的語詞，寫出她心中滿滿的感動，我也被純真的氛圍感染了。

梓玥的詩、歌、散文，題目自訂，內容自由發揮。題目訂得很另類，但內容很搭配，每一篇都是文情並茂的佳作，其中〈種子，你會開出什麼花呢〉曾於民國111年11月19日在《國語日報•週六童詩花園》刊登。〈森林的大樂隊〉於民國111年臺南市東區勝利國小八十四週年校刊《冬靚刊》刊登。每篇作品都吸引人一看再看，感受到她童年的歡樂。

恭喜梓玥小朋友完成人生第一本作品，用文字歡唱童年，祝福她人生能一路歡歌，收穫滿行囊。

推薦序

「20＋1」序

臺南市東區勝利國小校長

初見梓玥小朋友是在冬陽微煦的早晨，老師帶著梓玥走進辦公室，向我說明梓玥在童詩創作的過程與努力。我望著梓玥童稚白晰的臉龐，透著一雙靈動慧黠的眼眸，言談舉止間落落大方的氣質，讓我留下深刻印象！

「20＋1」詩畫集，圖文並茂，是梓玥的第一本創作。我很好奇梓玥的創作歷程是如何開展的？如何發想創作題材？在創作的過程中，遇到瓶頸，如何突破……。因此，擇定時間在老師的陪同下，我和梓玥有更進一步的對話，這也讓我對梓玥有更深入的認識。梓玥是個認真負責的小孩，每天必定先把功課完成後，再展開閱讀，書本是她的最佳良伴，也是她的良師益友。目前臺南市正大力推廣布可星球閱讀計畫，老師說她的閱讀點數已達萬點以上，可見她對閱讀的熱愛。多元大量的閱讀堆疊出豐饒的沃土，化作文學素養的養分，厚實了梓玥的語文能力，也為她開啟文學創作的一扇窗。

「20＋1」書名以文中篇章數字呈現，有創意也很引人注意。翻開內頁，詩畫並陳，以畫襯詩，梓玥以簡約自由流暢的文字搭配色彩繽紛、生動有趣的構圖，不但增添了閱讀的趣味性，同時也引領讀者遨遊在詩中的情境，試著以作者的視角轉化，進入作者奇幻多彩的想像世界，對讀者而言是趟充滿歡樂奇異的體驗之旅。

梓玥的創作以生活日常的觀察與感受為題材，在〈貓咪愛玩毛線球〉中，描述了小貓咪玩毛線球，一不小心把自己捲成一團毛線球，最後讓人分不清誰是小貓咪，誰是毛線球，小貓咪淘氣的模樣令人又氣又笑。我問梓玥為何會想到這個題材，是因為家裡養了一隻貓咪嗎？梓玥的回答出乎我的意料，她說家裡只有玩具貓，曾經在書中看過貓和毛線球的圖片，覺得很有趣，所以透過詩的形式，發揮豐富的想像力，就把這首趣味橫生的童詩完成。「20＋1」創作可窺見梓玥熱愛大自然，對於大自然生態、四季日月星辰的變化有著高度的關注與敏銳的觀察，如〈早晨的小星星〉〈春夏秋冬，四季樂逍遙〉〈森林的大樂隊〉與〈我和大自然是朋友〉……等。其中〈早晨的小星星〉以小草小花上的朝露比擬為小星星，在太陽公公的照拂下，化身閃耀的藍寶石，一閃一亮之間，又像是在玩躲貓貓，詩末以擬人法躲貓貓結尾，也使整首詩變得更加立體鮮活，詩作不長，卻讓我一讀再讀，留下深刻印象！

父母的關愛守護、校園快樂的學習生活，讓梓玥在親人師長同學陪伴下，無憂無慮的成長，這些日常生活點滴觸發她創作的靈感，藉由書寫，梓玥也為自己的童年留下可貴的印記。〈下課鐘響，熱鬧滾滾的校園〉生動的描述了下課中，校園童聲喧嘩，追逐奔跑的歡樂景象；隨著上課噹噹噹鐘響，小朋友瞬間朝向教室拔腿飛奔，留下一片靜默空寂的校園，校園氛圍動靜之間強烈的反差對比，更凸顯了這首詩的張力與可讀性。在讀詩的過程中，不覺微閉雙眼，腦海浮現了校園下課的熱鬧景象，我頓然驚訝梓玥純淨自然的筆觸竟能讓人在閱讀之際，走入一個由詩文內容建構的虛擬空間！

梓玥是位多才多藝興趣廣泛的孩子，文學與音樂都是她的最愛；多次參與鋼琴音樂比賽，屢獲佳績，才華洋溢。〈給媽媽的一首歌〉由她填詞，梓玥晶瑩剔透的心靈感知媽媽溫暖的擁抱，有如廣闊無垠的天空，讓她自由自在的翱翔；母愛溫馨的守護，伴著她無憂無慮的成長。簡單的語詞，道出了她對母愛的感受與領悟。值得一提的是，這首歌附上QRcode，掃描後可下載聆聽梓玥自彈自唱的純真童音，編輯的巧思可說是「20＋1」的另一亮點！

我問梓玥長大後的願望，她說想成為一位傑出的鋼琴家暨文學創作者。望著她認真可愛的表情，我點點頭給予堅定的鼓勵與肯定。我想告訴梓玥的是：「妳是位聰明努力的孩子，只要妳持續朝著設定的目標前行，奮力不輟學習，妳的願望一定會實現。」梓玥人如其名，與生俱來的音樂文學藝術天分，就像一塊未經琢磨的璞玉，期待她在師長父母的教導下蛻變為閃閃發亮的珍貴寶石。

推薦序

勝利國小209班導師 連舜華

非常開心收到我的好學生梓玥要出第一本詩集的消息，也非常榮幸受邀寫序。

擔任梓玥的導師將近一年半，看著梓玥一路成長，是身為她的老師最開心的事。記得小一時的她，雖然才剛學習國字的習寫，老師發現她已經認得很多的字了。下課時，常收到梓玥送給老師的小卡片，卡片上寫了許多梓玥想對老師表達的心意，有時她也會在卡片上畫上可愛的插圖，圖文並茂，讓收到卡片的人非常開心與感動。梓玥會將她的情感化為文字和圖畫表現出來，讓看到或收到的人，充分感受到她的心意。看著這本詩集的產生，最開心的不僅有老師，還有每天上學時和梓玥相處的好同學，大家都期盼著可以早日拿到梓玥的詩集，梓玥的好人緣，不言可喻。

從梓玥每一首詩的字裡行間，可以感受到梓玥對生活的體驗，對親人的關懷，對生命的熱愛及對自我的期許。再加上梓玥親筆畫的插圖，並透過文字表達的意義，因為圖畫而讓人充分感受「詩中有畫、畫中有詩」的意境，勾勒出梓玥看詩的視野，提點出詩裡更豐富的滋味，整首詩更顯生動活潑有趣，表達對世界的感受。

「生活因學習而豐富、生命因創作而精彩」梓玥是一個充滿創意和想像力、愛笑的、活潑熱情的小女孩，她把她對生活及生命的熱情，組合成一個非常完美、非常有趣的「20＋1童詩童畫」，把日子寫進詩裡、用詩表達、用詩記錄、用詩生活，用詩寫出梓玥的真心，每一篇童詩童話都勝過千言萬語。

我喜歡……非常喜歡！

作、繪者／玉兒

各位大小夥伴們好，我的名字是「李梓玥」，筆名「玉兒」。爸爸說「玥」字代表獨一無二的「神珠」、「寶珠」，因為我是爸爸媽媽心目中唯一的珍寶，所以筆名「玉兒」。

生活中，我最愛吃的食物是媽媽做的排骨、7-11的茶葉蛋、阿嬤炒的筍子，還有奶奶家鄉的木耳。我最喜歡喝的是冰涼的冷飲，但是，爸爸每次都不讓我喝，因為爸爸擔心我會咳嗽。爸爸每次都很生氣的對我說，常喝冷飲對身體不好。每當這個時候，媽媽就會偷偷的賞我兩口。

我最愛玩的遊戲是「扮家家酒」，尤其是「喜羊羊與灰太狼」的情節。

我愛化妝，也愛美美的模樣，喜歡穿漂亮的衣裙和公主鞋，戴著亮晶晶的手飾項鍊，開開心心的彈琴。每個星期六、日，最喜歡做的事，就是到阿公和阿嬤家。在山上像隻小猴子一樣的爬山，媽媽總是會對著我大喊：「妳是世界上最調皮的小皮蛋！」

嘿嘿，我最最害怕的就是小狗，雖然爸爸都對我說，狗狗是人類最好的朋友；但我可是一點也不想和小狗兒交朋友呢！對了，我還要感謝可愛又和藹的國立臺南大學教授——張清榮爺爺，在我創作的路上，不厭其煩的指導與一次又一次的修正，讓我受益良多。

這是我寫的第一本書，《20＋1＝「我」》將我生活中所見所聞的感動，化作文字，20首詩篇與1篇散文，與各位大小夥伴們分享。

目次

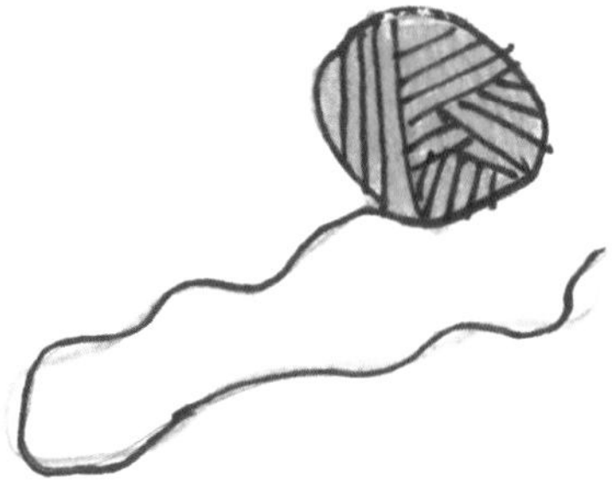

目次

早晨的花園遊樂趣

太陽升起，公雞啼，
花朵飄飄飄，
蝴蝶飛到天上去，
雲朵真美麗，
蝴蝶好歡喜。
太陽升起，公雞啼，
姊姊妹妹跑跑跑，
追蝴蝶，採花花，
做玩具，插頭髮，
用花瓣做花冠，
戴花冠，蹦蹦跳跳真好玩。

（文於111年11月27日《國語週刊》第974期刊登）

貓咪愛玩毛線球

小貓咪，喵喵喵，
愛玩毛線球。
毛線球，滾哪滾，
滾出一條長毛線。

毛線長又長，
小貓咪繞圈圈，
捲成一圈又一圈，
小貓變成毛線球

哎呀——
誰是毛線球？
誰是小貓咪？
小貓喵——喵——
我也妙——妙——妙——

妹妹和貓咪追皮球

妹妹和貓咪在玩耍，
玩什麼呢？
啊！
原來是一個小皮球。

小皮球，
滾哪滾，
躍過了小草小花，
滾下了山坡。
妹妹追呀追，
貓咪也追呀追。

終於——
妹妹追到了小皮球，
但是——
貓咪抓破了小皮球，
妹妹哇哇大哭，
貓咪撓撓耳朵，
墊著腳尖逃走了。

早晨的小星星

露水啊！露水，
你是早晨的小星星，
也是早晨的亮寶石，
在小草小花身上亮晶晶的，
在太陽底下，
一閃一亮，一亮一閃，
就像在陪他們玩躲貓貓。

（文於111年12月14日《人間福報》第13版刊登）

圖形切一切

圓形，圓形，
圓又圓，
切成四塊像披薩。

方形，方形，
方又正，
切成四塊像豆干。

三角形啊，三角形，
頭兒尖又尖，
切成兩塊像蛋糕。

圓又圓，
方又方，
尖又尖，
圖形，圖形，切一切，
圖形變化眞有趣。

螢火蟲的小燈籠

夜晚來臨，
螢火蟲提著小燈籠，
舞動著小小翅膀，
在草叢間，
到處飛翔，
一閃又一閃，
就像地上的小星星。

黑漆漆的夜晚裡，
螢火蟲的小小燈籠，
在山澗旁，
在青苔上，
一眨一眨的，
就像天上仙女的小眼睛。

小星星和小眼睛，
她們調皮的玩起捉迷藏，
你躲我藏，
好不熱鬧。

森林的大樂隊

（文於臺南市東區勝利國小84週年校刊《冬靚刊》刊登）

白雲害羞的躲貓貓，
月亮高高掛天上，
風兒輕輕吹過。

青蛙蹲在水池邊咯咯咯，
春蟬趴在樹幹上嘰嘰嘰，
蜜蜂在花朵旁嗡嗡嗡，
貓頭鷹立在樹枝上咕咕咕，
小麻雀在枝頭上吱吱喳喳，
啄木鳥咚咚咚，
打打又敲敲。

聽一聽，看一看，
小蛇是指揮家，
搖擺身子嘶嘶叫，
他們正在演奏美妙的交響樂，
大小昆蟲動物來合唱，
你一言，我一句，
森林的夜晚好熱鬧。

吱吱喳喳
咕咕咕
咯咯咯
嗡嗡嗡
咚咚咚
嘶嘶嘶

孤單的天空哭泣了

很久很久以前，有一個天空，
他很孤單，他什麼也沒有。
他很羨慕草地，
草地有羊、狗、豬、牛陪他玩。

天空每天都哭泣。
老天爺看到了，覺得他很可憐。
於是老天爺施了一個魔法，
給天空灑下了幾朵白雲。

但是，天空還是覺得有點兒寂寞。
老天爺又施了魔法，給他一個太陽。
太陽散發出炙熱的陽光，
天空覺得很溫暖，他滿足了。

夜晚到了，太陽下山了，白雲躲起來了，
大地上輕輕悄悄、黑漆漆的，什麼也沒有。
天空覺得更孤單了，他又哭泣了——
滴滴答答，滴滴答答，
流下一陣又一陣的淚珠。

老天爺啊，又一次施展了魔法，
給天空許多閃閃發光的小星星，
以及一個又圓又亮的月亮。

月亮的光芒照亮了大地，
月光柔柔撫過大地，就像母親溫暖的手掌，
風兒輕輕吹過，樹影婆娑搖曳，
草地上的羊兒、狗兒、豬兒、牛兒睡著了。

熱鬧的天空和喧嘩的草地，
互相招呼微笑
天空不再孤單，不再哭泣，
天空很滿足，他開心的笑了。

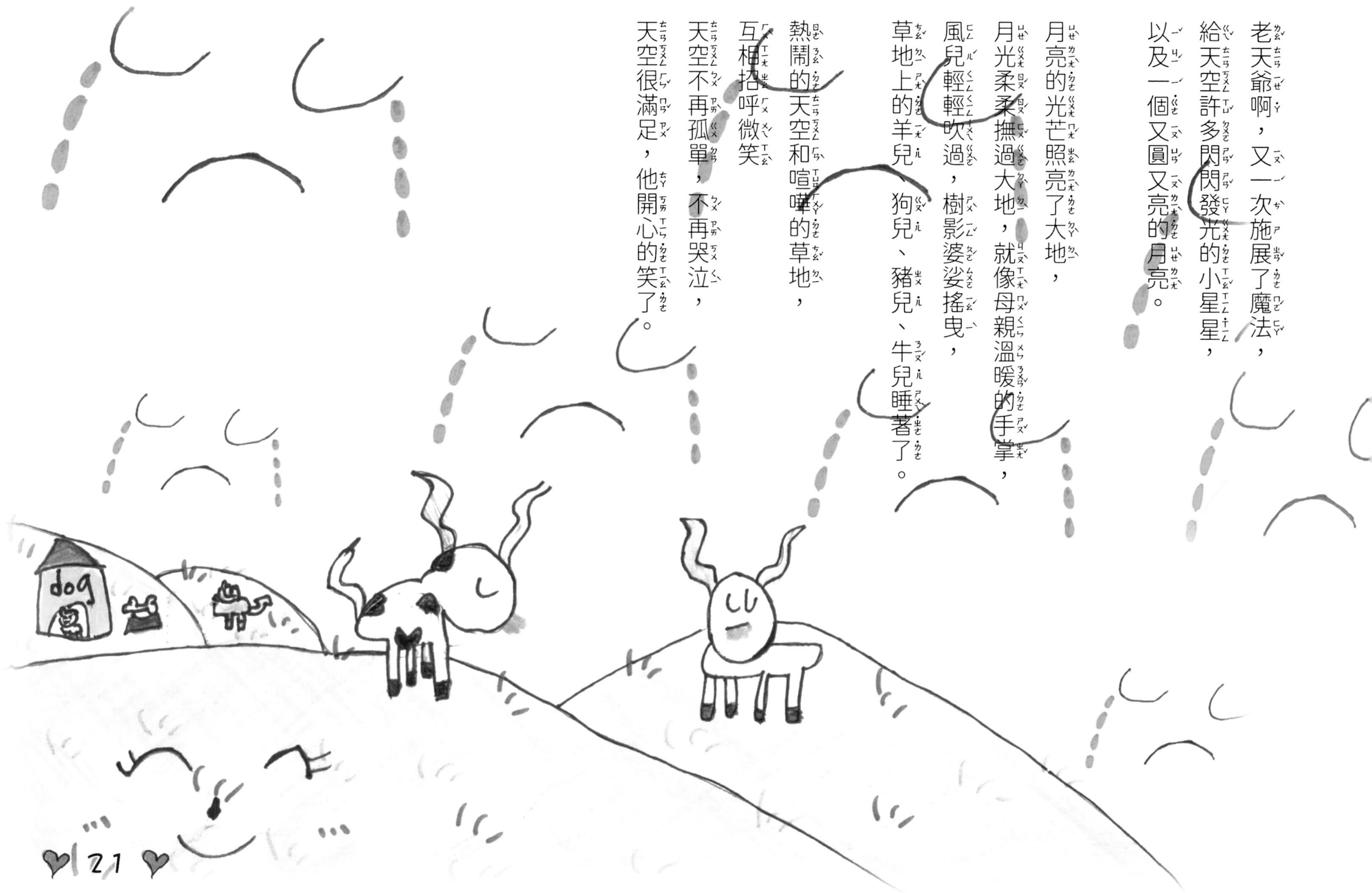

我和大自然是朋友

晴朗的天空，
你有許多白白的雲朵，
就像一糰糰柔軟的棉花糖，
又香又甜，
讓躺在天空下的我，
好想張開大嘴咬一口。

草地上的小花，
你穿著多彩多姿的衣裳，
五顏六色，七彩繽紛，
隨著風吹，搖曳身姿，
蝴蝶在你的身旁，
盡情地飛舞，
讓坐在草地上的我，
看得好歡喜。

小草啊小草，
你別洩氣，
你有著綠油油的頭髮，
水珠喜歡在你的頭髮上點綴，

在陽光溫暖的照耀下，
閃閃發亮，
讓我和蜻蜓在你身上，
一起追逐，一起玩遊戲。

春夏秋冬，四季樂逍遙

春天裡，
大地復甦，萬象更新，
百花盛開，
蜜蜂嗡嗡嗡，
辛勤採蜜，真有趣。

夏天到，
蝴蝶生寶寶，
大小蝴蝶齊嬉戲，
飛呀飛，
高高低低，好熱鬧。

秋天來，
風吹起，楓葉轉紅，
紛紛飄落，
稻禾熟了，
農夫割稻拾穗，
家家戶戶慶豐收，好歡喜。

冬天裡，
大雪紛飛，
路上孩童堆雪人，打雪仗，
鑼鼓隆咚，砲聲響，
舞龍舞獅來表演，
歡天喜地，平安過新年。

下課鐘響，熱鬧滾滾的校園

「噹、噹、噹、噹」，
校園裡傳來陣陣鐘響，
原來是下課了，
校園立刻熱鬧起來。

操場叔叔的大大肚子，
是小朋友最愛的運動空間。
小男生在操場叔叔的肚皮上，
舉辦了一場精彩的跑步比賽，
看看誰跑得比風姐姐快，
太陽伯伯戴起時髦的眼鏡，
見證誰是最後的勝利者。

榕樹爺爺張開長長的手臂，
小女生悠閒的在乘涼，
滿身汗水的小女生，
亮麗的衣裳，
被風姐姐吹乾了。

小朋友們，
開心又興奮的，
在大象奶奶的長長鼻子上，
爬上爬下，溜來滑去。

「噹、噹、噹、噹」，

哇——

小朋友拔腿奔跑，
飛快奔回教室，
原來是上課鐘響啦。

一瞬間，
大大的校園又變得安靜了，
只剩下教室裡傳來
一陣又一陣，此起彼落
琅琅亮亮的讀書聲。

種子，你會開出什麼花呢

（文於《國語日報》111年11月19日童詩花園版刊登）

種子啊，種子，
小小的種子，
我慢慢的把你種下，
用肥沃的土壤滋養著你。
你會開出什麼花呢？
是康乃馨？
好讓我送給親愛的媽媽。

種子啊，種子，
小小的種子，
我輕輕的把你種下，
天天澆水灌溉著你。
你會開出什麼花呢？
是茉莉花？是夜來香？
大小昆蟲聞香品嘗花蜜。
還是向日葵？
早晨對著太陽相互微笑，
說早安。

種子啊，種子，
小小的種子，
你究竟會開出什麼花呢？
讓滿心期待的我，
天天盼望著你，
長大開花。

夏天水果大特價

早晨的太陽微微露臉，
媽媽和我起了個大早，
我們一起上市場。

我東看看，西瞧瞧，
耳邊傳來，
一聲又一聲的叫賣聲，
此起彼落，相互唱和，
晨曦的市場，喧囂又熱鬧。

來喔！來喔！
水果攤今天大特價。
老闆的吆喝聲，
吸引媽媽採買了
各式各樣的水果。

翠綠的香甜蘋果，
紅咚咚的清涼西瓜，
長長黃黃的香蕉，
刺刺尖尖的鳳梨，
還有像小嬰兒般，
粉嫩嫩的水蜜桃。

哇！
水果攤的生意眞紅火，
便宜實惠滋味好，
種類繁多又可口的水果，
陪伴全家人度過炎熱的夏天。

風箏呀！你要飛到哪兒去呢

（文於111年12月13日《人間福報》第13版刊登）

風和日麗的下午，
全家一起去海邊放風箏。
我拉著長線，
在沙灘上，跑來跑去，
風箏拖著長長的尾巴，
在天空上，飛來飛去。

我問風箏，
你飛這麼高，要飛到哪兒去呢？
風箏說：
我要飛到海的另一邊，
去爺爺奶奶家，看奶奶織毛衣。

媽媽問她，
風箏呀，你要飛到哪兒去呢？
她說：
我要飛到樹梢上，聽鳥兒唱歌，
和鳥兒一起玩遊戲。

我又問風箏，
你到底要飛到哪兒去呢？
風箏說：
我要飛得像海鷗一樣高，
和海鷗一起賽跑和追浪。

爸爸也問風箏，
風箏，風箏，你要飛到哪兒去呢？
風箏打了一個呵欠，
風箏慢慢的說：
太陽下山了，天黑了，
我要回家了。

於是，
我牽著媽媽的手，
爸爸拉著風箏的線，
我們一起踏上回家的路。

跟著飛機去旅行

飛機哥哥呀，
聽說你要去旅行。
請問：
你可以帶我一起去嗎？

去日本，
看紛紛飄落的櫻花，聞花香。
去北極，
看光彩奪目炫麗的極光。
去亞馬遜，
看壯麗河山，潺潺流水。
去南非，
看晶瑩剔透，閃閃發亮的寶石

也許，
我們還可以一起去
非洲大草原，
看動物朋友壯闊的大遷徙。
再到俄羅斯，
看美麗的天鵝姐姐跳舞。

飛機哥哥呀，
你就是天空中的大鳥，
有我夢想渴求的翅膀，
鼓動雙翼，
滿世界翱翔。

下一回，你旅行時，
請問：
可以順道載我一程嗎？
去那遙遠，我用雙腿走不到的北京，
看一看，
好久不見的爺爺奶奶。

愛，就在身邊

愛，就在身邊，
每一個晚上，
媽媽抱著我，
輕輕的拍一拍，
給我一個
又香又甜的晚安吻，
帶我進入夢鄉。

愛，就在身邊，
每一個清晨與黃昏，
爸爸總是騎著腳踏車載我兜風，
拉著我的小手
在公園、草地、運動場，
四處遨遊，
大地就是我們的遊戲場。

愛，就在身邊，
每一天，每一餐，
外婆總是烹調可口的飯菜，
讓我享受美味又健康的餐點，
讓我的小肚腩
隱隱浮現。

愛，到處都有，
無所不在，
家人滿滿的愛，
就在我身邊。

我爸爸的——大、很大、最大

我的爸爸，
是最準時的移動鬧鐘，
他的腳步聲大，
走路時的爸爸，
如同綠巨人採收玉米，
蹦！蹦！蹦！
喚醒睡夢中的我
上學不遲到。

我的爸爸，
是最實用的市場大聲公，
他的嗓門很大，
生氣的爸爸，
像暴風雨，打雷又閃電，
轟隆、轟隆、轟隆隆，
讓無理取鬧的我
直冒冷汗，
乖乖立正站好。

我的爸爸，
是最辛勤的綠巨人農夫，
是呼風喚雨的雷公，
爸爸用他最大的愛，
慢慢灌溉，細細呵護，
他心目中最愛的小小樹苗，
期待著小樹苗長成
又高又壯的大樹。

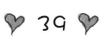

媽媽，炸鍋了

糟了，
媽媽冒火了，
熊熊的火焰，
「哄！」的一聲巨響，
好像爸爸燒菜的瓦斯爐爆炸了。

火花哧哧聲響，霹哩啪啦，
一陣又一陣、一波又一波，
把爸爸「燒成」了烏漆抹黑的焦炭。

爸爸張著大大的眼睛，
呆若木雞站在原地，
筆直又火熱的身體，
像木炭，僵硬不動。

哈哈哈——
原來是爸爸讓媽媽生氣了。

我的媽呀，
您別生氣，
我要成爲夏天裡，
冰冰涼涼的泡沫，
嘩啦啦！嘩啦啦！
澆熄這把「愛的怒火」。

有一雙手

有一雙手，
圍起圈圈，抱著我。
有一雙手，
用溫溫的掌心，
輕撫我的蘋果臉，
安定我幼小的心靈。

有一雙手，
像冬天的太陽，
金色的光芒灑滿大地，
既明媚又溫暖，
她籠罩著我，
讓我不害怕黑暗。

有一雙手，
刻畫了歲月的痕跡，
佈滿一層層的皺紋，
這是一雙，
充滿溫柔笑容的手。

猜猜這是誰的雙手？
你猜對了嗎？
原來是我的最愛——
媽媽的手。

給媽媽的一首歌

曾蔡媖　曲
李梓玥　詞

給媽媽的一首歌

我的心，像是雪花，
晶瑩剔透，在發亮。
妳的擁抱，像是天空，
廣大無邊，任飛翔。

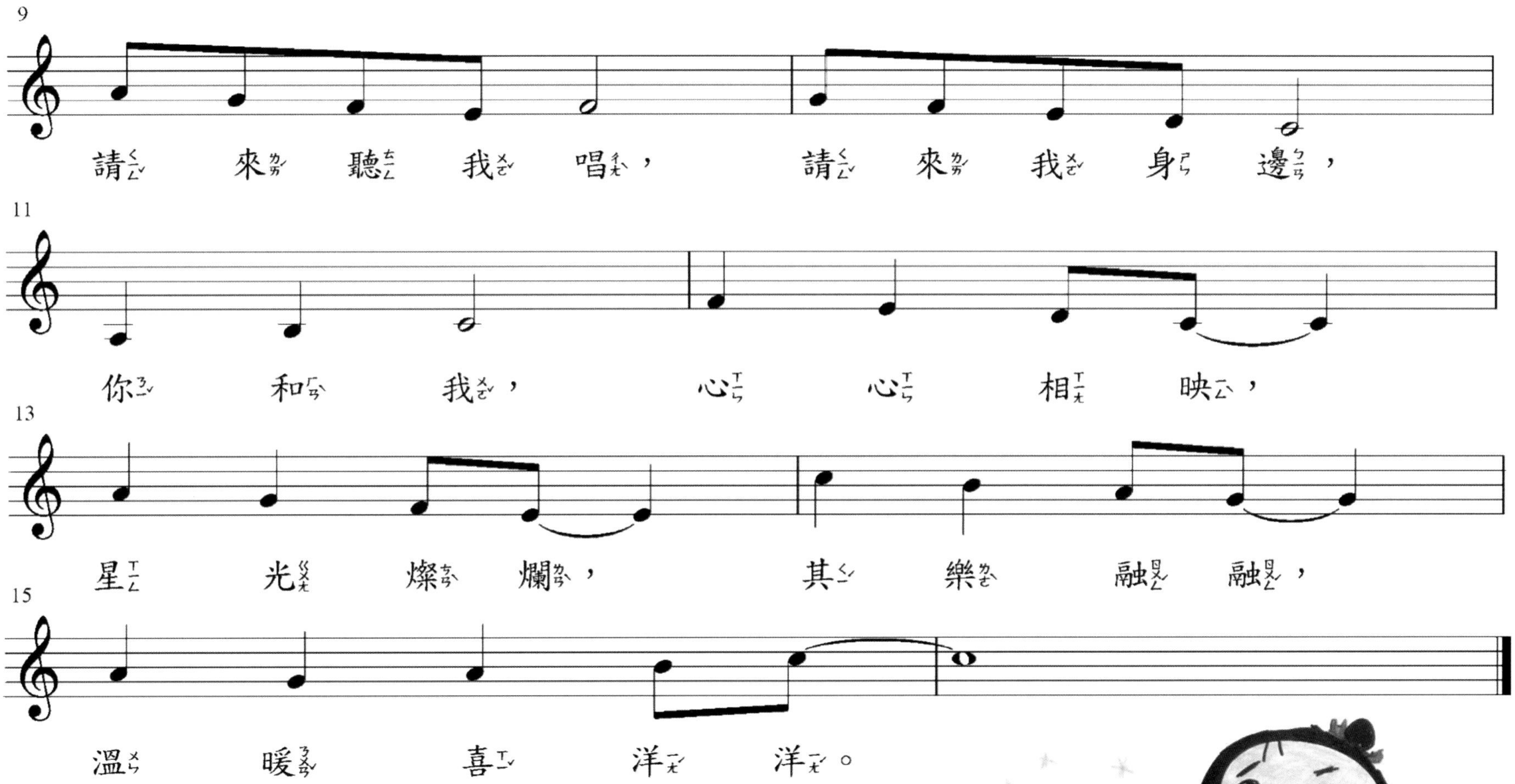
請來聽我唱，請來我身邊，
你和我，心心相映，
星光燦爛，其樂融融，
溫暖喜洋洋。

爸爸生氣了！

我爸爸生氣的時候，就像一隻發狂又飢餓的獅子，而我就是一隻小綿羊，等著爸爸獵捕，這時的爸爸眞是讓我又愛又怕。

我爸爸生氣的時候，聲音就如同大野狼。只要爸爸一開口，如大野狼般「啊嗚」的叫聲，不停地充斥在我耳邊。我知道，爸爸一定又是要我去完成我不喜歡做的事情了，這時的爸爸眞是讓我心慌慌、意亂亂。

我爸爸會在什麼時候生氣呢？是我調皮時？是我不乖時？還是我考試沒有得一百分的時候呢？當然了，以上都不是。

爸爸總是告訴我，人不怕笨，也不怕出錯，最怕的就是做事情不認眞、不專心。所以，爸爸只會因爲我不專心而生氣。

爸爸，我想對您說：「對不起，讓您生氣了。」

不管爸爸再怎麼生氣，我最愛我爸爸，我知道爸爸也是最愛我了。「愛之深、責之切」，這就是我的爸爸。

後記：

爸爸，爸爸，別生氣！
我要帶你去看戲。
看什麼戲？
看梓玥拉大歌、演大劇。

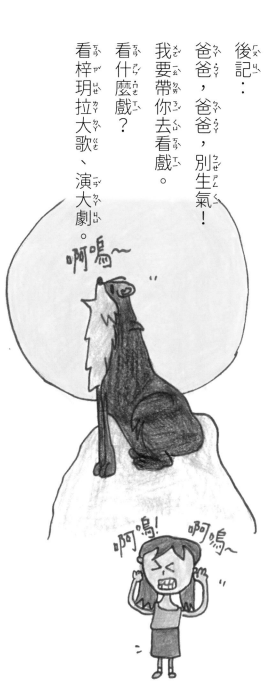

對不起,是您生
氣了。
1+1=?
1+1=?
1+1=3

口腔保健要做好，醫生叔叔、阿姨不上門。
小朋友們，吃完甜食，一定要乖乖刷牙喲！

作者簡介

本書作者——李梓玥（筆名：玉兒），2014 年生于歷史悠久的臺南府城，現就讀臺南市東區勝利國小二年級。本書篇章之〈種子，你會開出什麼花呢〉刊載於 111 年 11 月 19 日《國語日報》週六童詩花園、〈早晨的花園遊樂趣〉刊載於 111 年 11 月 27 日《國語週刊》第 974 期、〈森林的大樂隊〉刊載於臺南市東區勝利國小 84 週年校刊《冬靚刊》、〈早晨的小星星〉與〈風箏呀 你要飛到哪兒去呢〉分別刊於 111 年 12 月 13 日、12 月 14 日《人間福報》第 13 版。藉由詩篇述說生活中的感動，與您共賞文字芬芳。

20＋1=「我」

作　　者　玉兒
出版發行　白象文化事業有限公司
　　　　　412台中市大里區科技路1號8樓之2（台中軟體園區）
　　　　　出版專線：（04）2496-5995　　傳真：（04）2496-9901
　　　　　401台中市東區和平街228巷44號（經銷部）
　　　　　購書專線：（04）2220-8589　　傳真：（04）2220-8505
印　　刷　百通科技股份有限公司
初版一刷　2023年3月
定　　價　380元

缺頁或破損請寄回更換
本書內容不代表出版單位立場，版權歸作者所有，內容權責由作者自負

白象文化
www.ElephantWhite.com.tw

國家圖書館出版品預行編目資料

20＋1=「我」／玉兒著.　--初版.--臺中市：白象文化事業有限公司，2023.3
　面；　公分
ISBN 978-626-7253-38-0(精裝)

863.598　　111022219